Patrick Salmen & Quichotte

Die Letzten werden die Ersten sein. Es sei denn, sie sind zu langsam.

DROEMER

Über die Autoren:
Patrick Salmen ist Lyrik- und Prosaautor, Slam-Poet und Kabarettist. 2010 wurde er deutschsprachiger Meister im Poetry Slam. Im Folgejahr gelang es ihm, den Vizemeistertitel einzuheimsen. Wenn er mal nicht in ganz Deutschland auf Tour ist, lebt und arbeitet er in Dortmund. Ob mit seinen Soloprogrammen unterwegs, auf Lesebühnen oder auf Slams, er begeistert ein stetig wachsendes Publikum. Patrick Salmen muss man einfach live erleben.
Mehr Informationen unter: www.patricksalmen.de

Quichotte ist nicht nur Frontmann der Kölner Rap-'n'-Roll-Band Querfälltein, sondern auch Autor und Slam-Poet. Er ist seit vielen Jahren auf Deutschlands Slam-Bühnen unterwegs und nahm an mehreren Poetry-Slam-Meisterschaften teil. Dabei gewann er zweimal den inoffiziellen Titel des Rap-Slam-Meisters. 2012 wurde er mit dem Night-Wash Talent Award ausgezeichnet. Quichotte lebt und arbeitet in Köln.
Mehr Informationen unter:
www.facebook.com/quichotte.poetryslam

Patrick Salmen & Quichotte

DIE LETZTEN WERDEN DIE ERSTEN SEIN. ES SEI DENN, SIE SIND ZU LANGSAM.

111 ABSURDE RÄTSELGESCHICHTEN KUNST UND KULTUR

DROEMER

Besuchen Sie uns im Internet:
www.droemer.de

FSC
www.fsc.org
MIX
Papier aus verantwortungsvollen Quellen
FSC® C083411

Ein Imprint der Verlagsgruppe
Droemer Knaur GmbH & Co. KG, München

Umschlaggestaltung: NETWORK! Werbeagentur, München
Umschlagabbildung: © Color_life / © Catherine Lane
Satz: Wilhelm Vornehm, München
Druck und Bindung: CPI books GmbH, Leck
ISBN 978-3-426-28123-9

3 5 6 4 2

Lieber Rabauke und angehender Ratefuchs,

es ist schön, dass du dieses Büchlein in deinen Händen hältst. Bevor du mit dem Lesen beginnst, seien dir ein paar Worte mit auf den Weg gegeben ...

Solltest du in diesem Buch ein kulturelles Meisterwerk vermuten und nach Perlen der Lyrik Ausschau halten, die dein literarisches Gemüt in Wallung versetzen, so müssen wir dich leider enttäuschen. Dat is kein Gedichtband.

Aber die gute Nachricht folgt auf dem Fuße: Dies ist ein Buch, welches Meisterinnen und Meister verschiedener kultureller Gebiete für dich versteckt hält. Nun fragst du dich sicher, welche dies seien, stimmt's? Hier kommt der Clou an diesem kleinen Werk. Du wirst es selbst herausfinden können, wenn du Folgendes beachtest: Auf jeder Seite findest du eine kurze Geschichte, die mal realistischer und mal an den Haaren herbeigezogen daherkommt. In jeder dieser Geschichten gibt es eine Leerstelle, die es mit dem Namen eines berühmten Autors, Malers, Komponisten, Musikers oder anderweitig Kulturschaffenden zu füllen gilt. Vielleicht hält sich zwischendurch auch ein prominenter Schauspieler oder gar ein Philosoph verborgen. Finde es einfach selbst heraus, kleiner Räuber.

Als Hilfestellung sei dir in Form von Platzhaltern die Silbenanzahl verraten, die die jeweilige Geschichte komplettiert. Die Lösung gleicht in ihrer Aussprache aber auch dem Namen eines bekannten Schauspielers, Autors usw.
Die Lösungen der Rätsel findest du in Spiegelschrift und auf den Kopf gedreht am unteren Rand der jeweils folgenden Seite. Die Rätsel sind nach den Schwierigkeitsstufen 1 bis 5 geordnet, wobei dich am Ende ein »Superrätsel« der Schwierigkeitsstufe 6 erwartet. Solltest du im Rätselwald einmal denselben vor lauter Bäumen nicht mehr sehen, so wird dich ein Blick auf die letzten Seiten hoffentlich wieder auf den richtigen Weg führen. Dort findest du nämlich Hinweise zu jedem Rätsel, die dich der Lösung ein kleines bisschen näher bringen.
Jetzt geht's auch schon los, kleiner Schlawiner. Stürze dich in den Ratefirlefanz und denke immer daran:

»Du kannst alles schaffen, wovon du träumst.
Es sei denn, es ist zu schwierig.«
Quichotte

Viel Spaß beim Rätseln,
Patrick Salmen und Quichotte

BEISPIEL SCHWIERIGKEITSSTUFE 1

Ein Dackel und ein Schäferhund beneiden sich um ihr Aussehen.
Oft hört man vom Dackel: »Ich gliche gerne Rex.«
Der Schäferhund hingegen sagt häufig: »Ich wäre gern ___ ___ ___.«

Lösung: Vivaldi – wie Waldi

SCHWIERIGKEITSSTUFE 1

»Bist du müde?«, fragte Paul seinen Kumpel Jürgen, der beim gemeinsamen Fußballschauen schon länger keinen Kommentar mehr von sich gegeben hatte und sich gerade anschickte, vorzeitig das Schlafzimmer aufzusuchen.
»Nein, eigentlich nicht«, entgegnete dieser, »aber ich gehe trotzdem ___ ___.«

Viele Kinder kommen in den besonders warmen Sommermonaten oftmals mit Schürfwunden und Schrammen nach Hause. Wahrlich ein seltsames Phänomen. Ein Mediziner sprach während eines Vortrages auch scherzhaft von der sogenannten ___ ___ ___ ___.

Sean Penn – schon pennen

Dass manche Monate, wie wir sie heute kennen, nach römischen Kaisern oder Göttern benannt wurden, wissen die meisten. Dass dies allerdings auf einem komischen Zufall beruht, blieb lange verschwiegen. Anfangs sollten die Monate nämlich nach speziellen Körperteilen benannt werden. So hieß der September ursprünglich Zeigefinger, der Januar Daumen und der ___ ___ ___.

August Macke – August-Macke

Kinder sind manchmal gutmütiger, als man meint. »Möchtest du ein Eis, kleiner Mann?«, fragte die Mutter ihren Sprössling, als sie eines lauwarmen Sommertages durch den Park spazierten.

»Nein danke, liebe Mutter«, sagte das höfliche Kind und zeigte auf einen am Wegesrand sitzenden prominenten Kampfkünstler, der dürr und ausgehungert wirkte. »Aber ich glaube ___ ___ ___.«

Juli Zeh – Juli Zeh

Auf der Suche nach einem geeigneten Ziel für den kurzfristigen Pauschalurlaub erforschte der urlaubsreife Hans die Wetterberichte im Internet. Zu seinem Erstaunen war sein Wunschziel Ibiza zur gewünschten Zeit von starken Wetterschwankungen betroffen, und so verkündete der Wetterbericht: Man kann sich nie sicher sein. Dann und wann scheint die Sonne. Ab und zu gibt's Regen. Und vielleicht sogar ___ ___ ___.

Bruce Willis – Bruce will es

»Hach, diese jungen Menschen! Es ist doch wirklich eine Schande. Ohne ihr Navigationsgerät finden die doch gar nichts mehr. Null Orientierungsvermögen.«

»Das musst du gerade sagen«, schimpfte seine Frau. »Du hast dieses komische Gerät doch auch immer dabei.«

»Aber ich könnte auch ohne«, konterte Jochen. »Du wirst schon sehen. Wir finden ans Ziel, auch wenn ich im nächsten Urlaub mal ohne mein Tom ____ ____.«

»Bist du bescheuert?«, schrie Samson dem leicht verwirrten Ernie entgegen, der gerade den Papiermüll runterbringen wollte und den Deckel des Abfalleimers bereits geöffnet hatte. »Du kannst doch deinen Kram nicht einfach hier reinschmeißen.«

»Warum denn nicht?«, wollte Ernie wissen.

Samson schüttelte den Kopf. »Das müsstest du doch eigentlich wissen. Weil in der Tonne ___ ___ ___.«

Tom Cruise – Tom cruise

Produktplazierung in der Computerabteilung des Elektronikmarkts. Eine Wissenschaft für sich. Platzsparend und übersichtlich musste es sein, die aktuellen Angebote jedoch immer im Fokus, und optisch sollte es den Kunden auch noch ansprechen.

»Nachdem wir mit den PC-Stapeln bereits gescheitert sind«, sprach der Filialleiter, »ist es am besten, wir bilden im Apple-Sektor klassische ____ ____ ____.«

Zwei Bierhersteller aus Leidenschaft trafen sich am Wochenende, um die Konkurrenz zu analysieren. Eine befreundete Biergemeinschaft hatte ein Produkt hergestellt, das derartig überzeugend war, dass sich die beiden das Gehirn ob des Rezepts zermarterten. An den Zutaten schien es nicht liegen zu können, denn die waren offensichtlich getreu dem Reinheitsgebot ausgewählt. Also, so beschlossen die Bierkumpane, musste die Qualität des Gesöffs durch den Herstellungsvorgang selbst geprägt werden. Sie besprachen sich lange und kamen zu folgendem Schluss: »Es gibt keine andere Möglichkeit. Wir haben die Zutaten und kommen nicht weiter. Also müssen wir die beiden wohl oder übel fragen, wie die ____ ____.«

Meg Ryan – Mac-Reihen

Ein typischer Fall für *Galileo*. Ein Imbissbudenbetreiber entwickelte einst eine Methode, um mit altem Frittierfett Automotoren anzutreiben.

Als er seinem Kumpel Jürgen erstmals von seinem Geniestreich erzählte, sagte er: »Du wirst es nicht glauben. Es stinkt zwar wie Hölle, aber es ist wesentlich günstiger als Benzin. Willst du's mal ausprobieren?«

Nach der Probefahrt berichtete Jürgen: »Du hattest recht. Ich rieche wie 'ne verbrannte Pommes. Aber die Karre fährt sich im Prinzip ___ ___ ___.«

Dan Brown – denn brauen

SCHWIERIGKEITSSTUFE

2

Englische Pop-Band-Mitglieder waren in den Sechzigern ja durchaus als Diven bekannt. Viele Soundtechniker beschwerten sich über das oftmals theatralische und unhöfliche Verhalten der Bands.
Auch ein Veranstalter resümierte nach einem Konzert: »Alle Mitglieder der Band beschweren sich den ganzen Tag. Nur ___ ___ ___ ___.«

Vin Diesel – wie 'n Diesel

Männliche deutsche Schauspieler waren nicht gerade für ihr Umweltbewusstsein bekannt. Im Gegenteil. An manchen Tagen mieteten sie sich aus reiner Langeweile vollgetankte Sportwagen, nur, um in möglichst kurzer Zeit den gesamten Sprit zu verbrauchen. So trieb Matthias zunächst einen Porsche bis auf Reserve, und den Jaguar-Tank brauchte Moritz danach komplett auf. Fehlt da nicht noch einer? Verzeihung. Ich vergaß. Danach fuhr den ___ ___ ___.

Paul McCartney – Paul meckert nie

Ein geschäftstüchtiger Haifisch sorgte jüngst für Aufruhr in der Unterwasserwelt. Waren die anderen Fische es doch eigentlich gewohnt, ihre Beute auf der Stelle zu verzehren, kam er aus betriebswirtschaftlichen Beweggründen auf die Idee, seinen wöchentlichen Großfang zu konservieren, in Dosen einzulagern und dann gewinnbringend zu verhökern. Der vorwiegend aus Thunfisch bestehende Inhalt verkaufte sich im maritimen Souterrain ausgesprochen gut und wurde innerhalb kürzester Zeit zum Kassenschlager. Einzig die beiden Schwertfische Gustav und Karl-Heinz, die sich seit jeher als Naturburschen verstanden, konnten der Dosennahrung nichts abgewinnen.

Mit erhobener Zeigeflosse sprach Gustav bei der alljährlichen Jahreshauptversammlung: »Nun hört doch endlich auf, mit diesem Dosenfraß zu hausieren. Ein echter Meeresbewohner ____ ____.«

Ben Stiller – Benz Till leer

Zwei polar einander entgegengesetzte und dennoch aufeinander bezogene Kräfte der chinesischen Symbolik trafen sich zum Mittagessen.

Da fragte das Schwarze: »Warum verstreust du nur immer Gerüchte über mich?«

»Tja«, sagte das Weiße, »weil ich halt gern ____ ____ ____.«

Max Frisch – mag's frisch

Was viele nicht wissen: Jesu Vater zeugte damals mit einer anderen Frau mehrere Söhne, die er, um seinen guten Ruf nicht zu gefährden, lange im Verborgenen hielt. Diese Söhne gründeten einst eine Motorrad-Gang in Ägypten. Wahre Kenner wissen um die glorreichen Geschichten der ___ ___ ___.

Lester Young – läster, Yang

Ein Regisseur bekam jüngst von einem pensionierten Metzger ein Drehbuch zu einem ungewöhnlichen Horrorfilm zugeschickt, in dem alle Protagonisten aus Fleischwaren bestanden. Laut Drehbuch war der Hack-Zombie schon sehr gefährlich, aber das skrupelloseste Monster war eindeutig der ___ ___ ___.

Joseph Beuys – Josef-Boys

Die Herren Gates und Jobs waren mit ihren ostdeutschen Freundinnen zum Essen verabredet. Steve Jobs' Freundin strich zum Scherz mit ihren Fingern neckisch über Herrn Gates' Haare, die er zuvor mühsam mit Gel zu einem Scheitel gekämmt hatte, woraufhin die andere sprach: »Mach blöß nisch seene Frisuur kabud, da is der ___ ___ ___ ___.«

Matt Damon – Matt-Dämon

Eine Bäckerstube litt unter den Folgen eines Erdbebens. Die Wand des Geschäfts war deutlich von Rissen durchzogen, vereinzelt waren richtige Löcher im Beton.

»Nun«, sprach der Chef, »uns bleibt nichts anderes übrig. Eine professionelle Reparatur können wir uns momentan nicht leisten, aber als Übergang könnten wir die Wand vorläufig mit ___ ___ ___.«

Billy Idol – Billy Eifel

Die SM-Szene scheint besonders in Ostdeutschland sehr ausgeprägt zu sein. Das haben Studien der Beate-Uhse-Stiftung jüngst herausgefunden.

Von dieser Erkenntnis inspiriert, dachte sich ein Philosophie-Professor einen kessen Witz aus, um seine Studenten bei Vorlesungsbeginn zu belustigen. Wahrlich ein Gassenhauer. »Was ruft der devote Sachse, wenn er von der Domina ausgepeitscht wird? ____ ____!«

Mel Gibson – Mehl gipsen

Zwei Straßenbauer arbeiteten am Straßenbelag auf einer Brücke und mussten ein Gerüst errichten. Dabei fiel so viel flüssiger Asphalt auf die Bretter des Gerüstes, dass diese fortan einen neuen Namen erhielten.

Wenn heutzutage irgendwo ein Gerüst für den Straßenbau errichtet wird und die Metallunterkonstruktion schon steht, rufen sich die Arbeiter daher stets zu: »Jetzt fehlen nur noch ___ ___ ___ ___.«

Herder – Häuter

Da soll noch einer durchblicken. Nachdem sich ein Transformer-Pärchen mal wieder aus Versehen in ein Vehikel verwandelt hatte, mutmaßte der verdutzte Kinozuschauer: »Die Dame hat sich in einen Opel verwandelt. Aber ich glaube, der ___ ___ ___ ___.«

Dieter Bohlen – die Teer-Bohlen

Herr Wallace, seines Zeichens bekannter Filmemacher, hatte sich nebenberuflich mit der hohen Kunst der Genetik beschäftigt. Bis heute kennen viele zum Beispiel den berühmten Wallace-Knie-Penis, welchen er beim Kreuzen eines Löwenbeins mit einem Gnu-Gemächt erschuf. Aber das hat die Wissenschaft lange verschwiegen: Beim Versuch, die Armkante eines Schimpansen mit dem Hinterteil einer Ente zu kreuzen, entstand der bis heute nach ihm benannte

____ ____ ____ ____ ____.

Harrison Ford – Herr is 'n Ford

»Es ist mir beinahe unerträglich, wenn er wieder mit seiner Trauerschnute leidet«, erzählte die genervte Ehefrau ihrer Freundin. Ihrem Mann war in letzter Zeit stets eine gewisse Unzufriedenheit ins Gesicht geschrieben. »Viel lieber ist mir, wenn er sich nach einem Erfolg mit seinem ___ ___ ___.«

Edgar Allen Poe – Edgar-Ellen-Po

Im Hip-Hop-Kindergarten wurde mal wieder Heiligabend gefeiert, und die kleinen Racker warteten sehnsüchtig auf ihre Geschenke. Als es endlich so weit war und die Kinder ihre neuen Habseligkeiten ausgepackt hatten, prahlten sie untereinander, wer dieses Jahr das beste Geschenk bekommen habe.

»Hier, schau mal, mein neues Dreirad, Sido«, sagte der kleine Benjamin.

»Ach, das ist doch nichts gegen mein Playmobil-Parkhaus, Casper«, konterte Paul Hartmut.

Als der kleine Friedrich alias Prinz Pi einem seiner maskierten Spielgefährten sein nervtötendes Präsent vorführte, sprach er: »Kuck mal, ich hab 'ne neue

___ ___ ___.«

Sigmund Freud – Sieg-Mund freut

Der amerikanische Komiker Martin war der Mainstream-Comedy überdrüssig geworden und beschloss, sich im Bereich der Kinderbelustigung neu zu verwirklichen. Allerdings wollte er in hochkultureller Art auftreten und eine Skulptur schaffen, auf der die Kinder Spaß haben konnten. Er häufte also allerlei Bauklötze, Legosteine und Playmobilmännchen auf. Die Zeitungen bekamen Wind von der Sache und waren hin und weg. Sie titelten: *Weg von der Comedy! In einem Anflug gestalterischer Genialität schafft* ___ ___ ___ ___.

Russell Crowe – Rassel, Cro

Wichtige Eilnachricht. Parkplätze waren in Großstädten gerade zum Jahreswechsel besonders rar. Deswegen forderten die Anwohner in Köln für abgestellte fremde Autos seit neuestem an ___ ___ ___ ___ ___.

Olympische Winterspiele. Nachdem das vierköpfige Team wiederholt recht langsam die Bahn hinuntergeglitten ist und wieder einmal keinen Blumentopf gewonnen hat, überlegten die Männer, wie sie ihren fahrbaren Untersatz beschleunigen konnten.

»Was haltet ihr davon, wenn wir morgen mal den Drogeriemarkt aufsuchen und uns etwas von diesen Hairstylingprodukten unter das Gefährt schmieren? Das müsste doch abgehen wie ein geölter Blitz!«

»Um Gottes willen«, schimpfte ein anderer. »Das wäre Wettbewerbsverzerrung. Ich finde die Idee mit dem ___ ___ ___.«

Sylvester Stallone – Silvester Stell-Lohn

Ein junger Kettenraucher ließ sich in seinem Fuhrwerk von einem Pferd durch den Wald ziehen – den Arm lässig aus dem offenen Fenster gelehnt. In regelmäßigen Abständen landeten die verbrannten Tabakrückstände auf dem Boden.

»So eine Schweinerei«, jammerte die Eulenfrau, die das Szenario nun schon ein Weilchen beobachtete, und stupste ihren Mann an: »Kuck mal, Manfred. Da ____ ____ ____ ____.«

Bob Geldof – Bob-Gel doof

SCHWIERIGKEITSSTUFE

3

In den großen italienischen Städten wimmelte es nur so von Spielcasinos. Besonders die Kartenspielerszene boomte wie nie zuvor. Im Zeitalter der Beschleunigung war es umso wichtiger, keine Zeit zu verlieren und die Karten vor dem Spiel so schnell wie möglich neu zu sortieren und zu verteilen. Zwei Casino-Angestellte hatten besondere Fingerfertigkeit entwickelt und waren in der Szene sehr bekannt. Doch der Erfolg hat bekanntlich seine Schattenseiten. Arbeitsplätze waren knapp, und die Konkurrenz lauerte auf ihre Chance. So gab es besonders in Florenz Leg-Hater und in ____ ____ ____ ____.

Ashton Kutcher – ascht 'n Kutscher

Ein Maler, seines Zeichens großer Freund von Fips Asmussen, kam eines Tages auf eine wunderbare Idee, wie er seine Wohnung verschönern könne. Um seinen großen Helden entsprechend zu würdigen, druckte er sich aus dem Internet zahlreiche seiner Witze aus. Anschließend hing er die Blätter an die Wand und fing an, diese farbig zu streichen. Den meisten Witzen verpasste er verschiedene Grautöne, sein absoluter Favorit jedoch bekam einen eher mediterranen Anstrich verpasst.

»Sieh mal«, sagte er daraufhin zu seiner Frau. »Ich habe alle Witze in verschiedenen Graunuancen angemalt. Und, halt dich fest, meinen Lieblings____ ____ ____.«

Romy Schneider – Rom Misch-Neider

Zwei Amerikaner wollten Kabeljau-Kalle und Schollen-Ulf an ihrem Verkaufsstand auf dem Hamburger Fischmarkt besuchen. Doch das Wetter spielte nicht so recht mit. Der viel zu starke Wind blies das Herbstlaub über den großen Platz.

»So macht das keinen Sinn«, klagte der eine in typisch amerikanischem Akzent, »wenn hier die ganze Zeit Blätter über den ___ ___.«

Joe Cocker – Joke ocker

Zwei Putzkräfte standen in einem riesigen Aufbewahrungsraum für Theatermasken, als sie feststellten, dass im Boden ein riesiges Loch klaffte. Sie sahen hinunter und erkannten viele weitere Masken in dem Loch.

»Was das wohl sein kann?«, fragte die eine.

»Na ja«, sagte die andere, »ich habe gehört, dass sie dort die Senioren-Masken aufbewahren. Ganz viel künstliche Glatzen. Sehr authentisch. Wie Perücken. Nur ohne Haare. Die führen doch bald dieses neue Stück auf. Wie der Film *300*. Aber nur mit alten Männern. Aus Platzgründen haben sie den Raum unterirdisch erweitert.«

Während die beiden Damen ganz nahe am Abgrund standen und verdutzt hinunterblickten, kam ein Mitarbeiter des Theaters herein und schrie entsetzt: »Um Himmels willen! Passen Sie doch auf. Nicht dass wieder einer ins ___ ___ ___ ___.«

Mark Twain – Markt wehen

Besonders im Baltikum erlebte die Karaoke-Szene vor einigen Jahren einen regelrechten Hype. Manch eine der Hobby-Sängerinnen erfreute sich gar größerer Beliebtheit als das imitierte Original. Der Tradition nach erhielten die Teilnehmerinnen der baltischen Karaokemeisterschaft zur besseren Orientierung länderbezogene Spitznamen.

Zwei Zuschauerinnen diskutierten nun über das Ergebnis.

»Wer war denn noch mal die Dritte im Finale? Lit-Madonna, Est-Whitney ... und? Ich komm nicht drauf.«

Ihre Freundin grübelte ein Weilchen und vermutete dann: »Ich würde die Hand dafür nicht ins Feuer legen, aber ich glaube, die ____ ____ ____.«

Karl Lagerfeld – Kahl-Lager fällt

Der Retro-Lifestyle war auch in der Politik modern, und so wurde in den Neunzigern in Deutschland aus Nostalgiegründen die Alleinherrschaft wieder eingeführt und der bisherige Bundeskanzler zum Monarchen erklärt.

»Hui«, sagte der Monarch direkt nach seiner Beförderung, »jetzt beschließe ich erst einmal, die Renten zu reduzieren und die Steuern zu erhöhen, um die Staatskasse zu füllen.«

Nach der öffentlichen Bekanntgabe der neuen Sparmaßnahmen kam ein empörter Wutbürger in das Kanzlerbüro und beschwerte sich bei ihm mit den Worten: »Das ist aber nicht so ___ ___ ___.«

Heath Ledger – hieß Lett-Cher

Eine Kompanie Soldaten, die jüngst im Dschungel auf der Pirsch war, hatte ein großes Problem. Aufgrund eines logistischen Debakels fehlte ihnen die komplette Schutzbekleidung. Zu ihrem Glück wuchsen in dem Dschungel Pflanzen, die teilweise Wundersames hervorbrachten. So kamen die Männer an einem Geäst vorbei, welches ebenjene Fähigkeit besaß, ihnen Ausrüstung zu beschaffen. Das Problem war nur, dass die Pflanze lediglich sehr rudimentäre Äußerungen verstand.

Der erste Soldat, der des Schuhwerkes bedurfte, sagte also: »Brauche Stiefel, Strauch!«

Sein Wunsch wurde erfüllt.

Ein Kamerad, dem ebenfalls ein im Kampf notwendiges Accessoire fehlte, sagte daraufhin: »____ ____ ____.«

Nat King Cole – nett, King Kohl

»Müssen wir noch viel schaffen?«, fragte der erschöpfte Erich nach der letzten Doppelschicht unter Tage.

Heute hatten die fleißigen Kerle besonders viel Kohle abgebaut.

»Nee, ist nicht mehr viel«, hallte es von hinten aus dem Gang.

»Wie viel denn genau?«

»Och, ich schätze ___ ___ ___ ___.«

Wilhelm Busch – Will Helm, Busch

Der zum Übergewicht tendierende Junge lebte nach der Scheidung der Eltern bei seiner Mutter. Diese achtete mittlerweile arg auf eine gesunde Ernährung ihres Lieblings. An jedem zweiten Wochenende durfte der kleine Racker jedoch seinen Vater besuchen, und all die Bemühungen der Mutter schienen umsonst, da er sich dort stetig mit Fast Food und Süßigkeiten vollstopfte. Dies führte nicht selten zu Streit zwischen den beiden Parteien.

Kurz bevor der Junge sich eines Samstagmorgens auf den Weg zum Vater machte, rief sie ihren Ex-Mann an und gab ihm folgenden Hinweis: »Du hörst zwar eh nicht auf mich, aber wenn du ihn schon mit diesem ungesunden Zeug vollstopfst, dann misch ihm doch wenigstens etwas Gemüse unter. Und nicht zu wenig. Am besten, du tust heimlich ___ ___ ___ Essen.«

Sophia Loren – So viel Loren

Prinz Charles' Söhne schienen regelrecht vom Pech verfolgt. War wohl einfach nicht ihr Tag. Nachdem ihr Schiff bereits von Piraten gekapert worden war, stürmten ein paar Kannibalen das Boot und wollten einen der Brüder auf der Stelle verspeisen. William wollte den Kannibalen zuvorkommen und steckte seinen Bruder sofort in einen Ofen.

»Gebacken nützt er uns nichts. Schmeckt nicht. Jetzt müssen wir stattdessen dich nehmen«, verkündete einer der Kannibalen daraufhin.

»Verdammt«, fluchte William, »warum habt ihr nicht vorher gesagt, dass ihr den ___ ___ ___ ___?«

Phil Collins – viel Kohl ins

Diesen Sonntagsausflug hatte man sich wahrlich spannender vorgestellt. Eine Mutter stand nun schon ein ganzes Weilchen mit ihrem Sohn vor einem Käfig im Zoo. Anscheinend wurden die Tiere gerade gefüttert oder hielten ein kleines Mittagschläfchen, denn schon seit vielen langen Minuten war weit und breit kein einziger Käfiginsasse aufzuspüren.

»Komm, wir gehen«, sagte die junge Mutter ungeduldig. »Wir können ja nicht den ganzen Tag hier rumstehen.«

»Bitte! Bitte! Noch fünf Minuten«, flehte ihr kleiner Sprössling. »Wir haben doch sonst nichts mehr vor heute, und ich will ___ ___ ___.«

Harry Rowohlt – Harry roh wollt

Bei der Asphaltierung der neuen Autobahnbrücke passierte den Bauarbeitern jüngst ein kleines Malheur. Zwei der Mitarbeiter schienen leicht angetrunken zu sein und kippten aus Versehen den noch flüssigen Straßenbelag ins Meer. Dieser landete zufällig auf einem kleinen Orka, der just in diesem Moment unter der Brücke hindurchschwamm. So ein Pech aber auch. Und es kam noch schlimmer, denn plötzlich – wie von Zauberhand – wurde es eiskalt, und das Tier fror auf der Stelle ein. Um den kostbaren Straßenbelag zurückzugewinnen und mit der Arbeit weitermachen zu können, hievte man das Tier mit einem gigantischen Kran auf die Brücke zurück, und einer der Männer sprach: »So, es wird höchste Zeit, dass ich den ____ ____ ____ ____.«

Yann Tiersen – ja 'n Tier sehn

Doug und seine Frau spazierten mal wieder durch Queens. Als sie an einem kleinen See vorbeikamen, wollte Doug seiner Angebeteten ein paar Vögel zeigen, die er dort vor einigen Tagen gesichtet hatte. Doch nun waren sie wie vom Erdboden verschluckt. »Das kann doch nicht wahr sein«, sagte er, »ich könnte dir schwören, da waren ___ ___ ___ ___ ___.«

Walter Matthau – Wal-Teer am Tau

Die Innung deutscher Baumärkte wollte sich eines Tages der DIN-Norm unterordnen. Demzufolge sollten die Längen und Breiten der jeweiligen Baumarktgebäude festgestellt werden. Gesagt, getan. Da jedoch die DIN-Norm nicht auf derartig große Gebäude anwendbar war, musste man eine neue Einheit erfinden. Alle Baumarktnamen schienen den Behörden unzulässig, bis auf einen.
In der konstituierenden Sitzung sagte einer: »Nein, wir nehmen doch nicht die Obi-Länge, Junge!«
Ein anderer fluchte: »Um Himmels willen, bleib mir weg mit der Hagebau-Norm, Alter!«
Nur ein einziger Vorschlag bekam wie gesagt Zuspruch, und alle waren sich einig: »Klar, wir nehmen das ____ ____ ____.«

Mariah Carey – ma, Reiner, Carrie

In einer Praxis für Schönheitschirurgie hatte der operierende Kittelträger es nicht sonderlich mit den Fachbegriffen. Folglich verwendete er für die Werkzeuge zur Verschönerung seiner Patienten auf der Hand liegende Bezeichnungen. Es kam also schon mal vor, dass er beim Straffen der Gesichtshaut einer Dame zu seiner Assistentin sagte: »Roswitha, gib mir doch mal das ___ ___ ___.«

Thomas Mann – Toom-Maß, Mann

Der bisher nicht durch eine Sprechrolle in Erscheinung getretene Hauptprotagonist aus *Der Herr der Ringe* gelangte unerwartet zu großem Reichtum. Missgunst und Eifersucht waren fortan an der Tagesordnung. Besonders Frodo und Gandalf schienen regelrecht von Neid zerfressen. Mit geballter Faust stellten sie sich vor den Hauptprotagonisten und drohten: »Du bekommst unseren vollen Zorn zu spüren, wenn du den Schotter nicht rausrückst. Was glaubst du denn, wer du bist? Und jetzt gib auf der Stelle den ___ ___ ___.«

Liv Tyler – Lift-Teil her

Eine Kaserne am Stadtrand. Zwei Soldaten werden von ihren Vorgesetzten bei der illegalen Herstellung von alkoholischen Getränken erwischt. Während der französische Soldat Wein bevorzugt, ist sein deutscher Kamerad mit dem Erzeugnis von Gerstensaft beschäftigt.

»Was machen Sie da?«, wollen die beiden Vorgesetzten wissen.

Der Deutsche, seines Zeichens ein kleines Sensibelchen, antwortet: »Ich brau weich, Major.«

Sein etwas robusterer Kumpel hingegen sagt: »Ich ____ ____ ____ ____.«

Keith Haring – Kies her, Ring

In einem Verleihgeschäft für Gewürze und Körner – ja, das gibt es wirklich – unterhielten sich die Verkäuferinnen mit ihrer Chefin.

Irgendwann fing die Chefin an, aus dem Nähkästchen zu plaudern, und berichtete von den seltsamen Kaufgewohnheiten ihrer Stammkunden. »Jack und Jane haben sich Kürbiskerne immer gebraten ausgeborgt, Dave hingegen nahm den Sesam stets leicht geröstet.«

»Stimmt«, sagte eine der Verkäuferinnen. »Und kürzlich war diese Frau aus dem bekannten Roman hier. Frau Poppins mochte die kleinen schwarzen Körner frittiert, aber die Freunde von ___ ___ ___ ___ ___.«

Gerhart Hauptmann – Gar hart, Hauptmann

Komische Krankheiten. In den Kreisen berühmter Hollywood-Schauspieler treten laut übereinstimmenden Medienberichten immer häufiger ansteckende Hautprobleme am Rücken auf. Dies führt dazu, dass sich die Stars beim Dreh ständig kratzen müssen und rote Striemen und Kratzer davontragen. Für Aktszenen ein großes Problem. Als der Arzt den Schauspieler nach dem Dreh untersuchte und feststellte, dass die roten Striemen fast schon eine Art Kreis um den kompletten Rücken bildeten, lachte er laut und sagte: »Das ist ja lustig. Ein ____ ____!«

Marilyn Monroe – Mary lieben Mohn roh

Der olympische Reitsport erfreute sich in den letzten Jahren eines derartigen Erfolges, dass kurzerhand eine neue Disziplin erfunden wurde. In dieser Disziplin, deren Auswertungsprozedur im Übrigen stark an die Rankingmethoden der Musikbranche angelehnt ist, hat der Reiter es mit einem aus kleinen Steinen bestehenden Untergrund zu tun. Deshalb nennt man die Weltrangliste dieses Sportes auch ___ ___ ___.

Hugh Grant – Juck-Band

Ein Geschwisterpaar neigte zu häufiger Übelkeit. Besonders schlecht ging es den beiden Rackern, wenn sie sich in der Nähe von spielenden Wildtieren befanden. Bei einem Besuch im Zoo warnte die Mutter die Kleinen, die sich schnurstracks in Richtung des Grizzly-Geheges bewegten: »Passt auf, Kinder! Nicht dass ihr wieder, wenn der ___ ___ ___.«

Keith Richards – Kies-Riff-Charts

Unter Kampfsportlern gab es seit Jahren ein altes Ritual. Um ihre männliche Härte im Privaten ein wenig zu neutralisieren, legten sich viele der Männer besonders niedliche kleine Haustiere zu. Maske besorgte sich im Tierheim ein paar Catties. Frazier wiederum fand großen Gefallen an ein paar putzigen Doggies. Ihr Kumpel jedoch war seit Kindestagen begeistert von der geheimnisvollen Unterwasserwelt und entdeckte im Zoogeschäft ein paar besonders putzige kleine Raubtiere. »Hast du schon gehört?«, erzählte man sich nun vor dem Kampf. »Gestern kaufte ____ ____ ____ ____.«

Bertolt Brecht – Bär tollt, brecht

Der kleine Jochen, seit Jahren begeisterter Leser von Märchen und Fantasy-Geschichten, war mal wieder bis in die Haarspitzen motiviert und machte sich unmittelbar nach Schulschluss an die Hausaufgaben.

»Wie kommt es, dass du so strebsam bist?«, fragte die leicht verwunderte Mutter.

»Ach, das liegt an den Tugenden meiner Romanhelden. Dann und wann habe ich regelrechten Kobold-Ehrgeiz, manchmal Zauberer-Elan, und heute packt ____ ____ ____ ____.«

Alicia Keys – Ali Sharkies

Ein Imbissbudenbetreiber auf der Düsseldorfer Kö überlegte sich, wie er zukünftig auch Freunde der Haute-Couture-Mode in seinen vermeintlich schlichten Fresstempel locken könnte. Zudem wollte er als alter Hobby-Meteorologe seiner Vorliebe für Unwetter Geltung verschaffen. Gemeinsam mit einer Werbeagentur kam ihm die Idee. Alles eine Frage des Marketings. Zielgruppenorientierung war das Stichwort. Um die Aufmerksamkeit der Shoppingqueens zu erhaschen, galt es, die Namen großer Modedesigner in die Speisekarte zu integrieren. Zwei Tage später schrieb er die neuen Gerichte auf eine Kreidetafel. Und so stand unter der Orkan-Pfanne Kretschmer und der Blitz-Platte Lauren der ___ ___ ___ ___ ___ ___ ___.

Michelle Pfeiffer – mich Elf-Eifer

Als sich Frau Winslet und Herr DiCaprio während des Filmdrehs zu *Titanic* auf dem Deck umsahen, fanden sie zu ihrer Überraschung etwas LSD auf einem Liegestuhl. Natürlich konnten sie der Versuchung nicht widerstehen, und schon wenige Minuten später litten beide unter ungeheuren Halluzinationen. In ihrem Wahn erschien ihnen ein Geist, der ihnen einen Schlüssel vor die Nase hielt und sprach: »Nehmt diesen Schlüssel der Erkenntnis. Mit ihm könnt ihr große Geheimnisse lüften. Ihr werdet die Welt zerstören, aber euch selbst ins Paradies befördern. Nehmt ihn! Jetzt!«

Wahrlich eine zwiespältige Situation. Was tun? Das eigene Glück anstreben und somit das Schicksal der Menschheit besiegeln? Nein, das konnten sie nicht verantworten. Und so fingen sie an, sich im psychedelischen Wahn gegenseitig zu motivieren, sich nicht vom Geist verführen zu lassen.

Herr DiCaprio sprach: »Kate, widersteh dem Schlüssel!«

Seine wirsche Kollegin wiederum sagte wortwörtlich: »____ ____ ____ ____!«

Donatella Versace – Donner-Teller Versace

Skandal. Bei einem Überfall auf einen Industriemetallhändler schien der Räuber sich nicht mit Bargeld oder dem ihm angebotenen Wertpapier zufriedenzugeben und nuschelte: »Schweigt! Was soll ich mit eurem Geld? Zukünftig stell ich meine eigenen Münzen her. Geht ins Lager und holt mir eure Ware. Ich will statt ’nem ____ ____ ____ ____.«

Leo Trotzki – Leo, trotz Key!

Trafen sich zwei HNO-Ärzte in einem Spielzeuggeschäft. Beide kannten sich recht gut, da ihre Ehefrauen ehemalige Mitglieder der Spice Girls waren und sie neben gemeinsamen Medizinerkongressen auch schon einige Pärchenabende über sich hatten ergehen lassen müssen. Nun standen die beiden Männer vor dem Regal mit Superheldenfiguren und phantasierten darüber, wie schön es doch wäre, wenn man auch ihrer Berufsgruppe mal eine Actionpuppe widmen würde.

»Für Riech-Woman würde sich wohl niemand interessieren. Nicht mal meine Frau Emma«, zweifelte der eine.

Sein Kumpel war da wesentlich optimistischer und sagte: »Also ich glaube schon, dass den ____ ____ ____ ____.«

Jack Nicholson – Scheck Nickel sehn

McDonald's hatte mal wieder eine neue Produktlinie auf den Markt geworfen und seine Burger nach großen europäischen Metropolen benannt. Hat mit dem Thema zwar nichts zu tun, wollten wir aber trotzdem mal erwähnt haben.
Wettertiefs wurden ja bekanntlich immer nach Frauen benannt, um den Seefahrern die Angst zu nehmen. Frauennamen klangen einfach wesentlich weniger bedrohlich. In der Emanzipationswelle wurde dieses Phänomen ganz gender-korrekt angeglichen. Ein besonders patriarchalischer Meteorologe war damit allerdings so gar nicht einverstanden. Eher benenne ich negative Wettererscheinungen nach Fast-Food-Burgern, dachte er. Und so sprach er jüngst in den Nachrichten: »Halten Sie Ihre Hüte fest, morgen kommt '___ ___ ___.«

Herman Melville – Hör-Man Mel will

Nachdem die kleine Vanessa von ihrer Mutter ein Zauberer-Set zum Geburtstag geschenkt bekommen hatte und sie nach langem Training viele der magischen Effekte fast perfekt beherrschte, führte sie die Nummern immer mal wieder nach dem gemeinsamen Familienabendessen auf. Häschen aus dem Hut, Dinge verschwinden lassen, Kartentricks – das komplette Programm. Doch leider blieb die Reaktion bescheiden. Die Aufführungen waren zwar ganz nett anzusehen, aber es fehlte die gewisse Niedlichkeit. Der putzige Charme sozusagen. Also holte Vanessa irgendwann ihren kleinen Bruder mit ins Boot und führte ihn in die hohe Kunst des Zauberns ein. Wenige Tage später führten die beiden die erste gemeinsam einstudierte Nummer auf: die menschliche Säge.

»Hach!«, sprach die Mutter. »Das gefällt mir schon wesentlich besser, Vanessa. Deine Solonummern wa ren leider wirklich nicht besonders drollig, aber ich finde den neuen ___ ___ ___ ___.«

Steve McQueen – 's Tief McWien

Barcelona im Sommer. Eine Mau-Mau-Runde unter Freunden. Ein kurzer Einblick in die jeweils oben liegenden Karten vom geheimnisvollen auktorialen Erzähler mit Tendenz zum Erstaunen:

Juan – Herz Dame, yeah!

José – Karo König, wow!

___ ___ ___ ___ ___!

Ein Mann eröffnete in San Francisco ein neues Studio für Freunde der maritimen Körperkunst. Eines seiner obersten Firmengebote war, dass er nur Buddys aus seinem engeren Freundeskreis in seinen Kundenstamm aufnahm, um eventuellen Klagen aus dem Weg zu gehen.

»Brüder und Schwestern, liebe Freunde der Seefahrt«, sagte er bei seiner Eröffnungsrede. »Ihr wisst, mein Angebot ist nicht sehr vielfältig. Eigentlich hab ich nur zwei Alternativen. Eine für Männer und eine für Frauen.«

»Und wie sieht das konkret aus?«, wollte einer seiner Homies wissen.

»Na ja, hier ist mein Katalog. Ich tätowier den Sis ’n Segel und ____ ____ ____ Anker.«

Pablo Picasso – Pablo – Pik-Ass, oh!

Die Herren Stewart und Cocker schauten gemeinsam Fernsehen. Neben ihrer Musikleidenschaft vereinte sie das Interesse für sozialkritische Reality-Dokumentationen. Als sie sich gerade eine Reportage über deutsche Gewerkschaften anschauten, schaltete Cocker plötzlich um.

Herr Stewart reagierte gereizt und sprach in leicht betrunkenem Kauderwelsch: »___ ___ ___ ___ ___.«

Pierce Brosnan – pierce Bros'nen

SCHWIERIGKEITSSTUFE

4

Ein Kantinengespräch zwischen aufstrebenden TV-Moderatoren und Late-Night-Prinzen ergibt, dass die Betroffenen Böhmermann, Heufer-Umlauf und Winterscheid sich hauptsächlich durch einschlägige Wochenmagazine weiterbilden. Aus unerfindlichen Gründen scheinen religiöse Querverbindungen zwischen besagten Zeitschriften und den Moderatoren zu bestehen, welche die Auswahl begrenzen. So finden die drei eines Abends heraus, dass der Islam am besten durch den *Focus* repräsentiert wird, woraufhin Moslem Claas diesen am nächsten Tag bestellt. Während Buddhist Joko am folgenden Tage im *Spiegel* schmökert, liest ___ ___ ___ ___ ___.

Giuseppe Verdi – Joe, zappe Verdi

Aufruhr auf der Erde. Krieg und Zerstörung waren mal wieder an der Tagesordnung. Ein Religionsforscher wollte dem Problem auf den Grund gehen und fragte sich, warum die Menschen nicht aus ihren Fehlern lernten. Folgendes fand er heraus: Bei den Göttern im Himmel herrschte seit vielen Jahren Harmonie und Einklang. Alle waren gut drauf und quickfidel unterwegs. Folglich herrschten keinerlei Ambitionen, die Menschheit für ihre Sünden zu bestrafen.

Nun überlegte der Forscher, wie er die Götter in eine Krise stürzen könnte, um die Grundstimmung im Himmel zu verschlechtern. Da kam ihm der Geistesblitz. Der Forscher suchte einige Räuber und andere finstere Gesellen auf und bat diese, einige ihrer negativen Fähigkeiten und Emotionen auf die Götter zu übertragen.

Da er aufgrund eines Gedächtnisschwundes nur die Anfangsbuchstaben der Banditen kannte, befahl er wortwörtlich Folgendes: »A, borg Allah Schwachsinn!« Und: »E, schenk Gott Zorn!« Beim dritten Fluch wurde die Verwurzelung des Forschers in der Rastafari-Kultur deutlich, und so sprach er: »____ ____ ____ ____!«

Christian Morgenstern – Christ Jan morgen Stern

Da war der Kummer aber groß. Der kleine Theo saß nun schon ein langes Weilchen traurig in der Ecke, weil sich sein geliebtes Hauswildschwein Borsti bei einem kleinen Unfall die Stoßzähne abgebrochen hatte. Diesen Anblick konnte der empathische Junge nicht ertragen.

»Was für ein Leben. Wie soll Borsti denn jemals wieder richtig buddeln können?«, schluchzte er auf.

Der Vater hatte Mitleid mit seinem Jungen, und auch das Schicksal des Schweinchens ging nicht spurlos an ihm vorbei. Gemeinsam mit seinen beiden Kumpels schmiedete er einen Plan. Und so brachen die drei am nächsten Abend in die allseits bekannte Waldtierextremitätenfabrik ein. Einmal drinnen, klauten sie wesentlich mehr, als sie brauchten. Zum Transport des Diebesgutes ließen sie zudem drei Sackkarren mitgehen. So trug es sich schließlich zu, dass der eine von ihnen einen Huf hinter sich herzog, der andere wiederum ein Horn rollte, und der Vater, allen voran, ___ ___ ___ ___.

Elijah Wood – I, leih reh Wut

Eine Hamburgerin wollte sich in einem Wollgeschäft neue Handschuhe nähen lassen.
Die alte Dame im Geschäft sagte aber: »Nein, ich nähe keine Textilien. Erst recht keine Winteraccessoires.«
Seltsamerweise war sie aber im selben Moment damit beschäftigt, einen Halswärmer zu knüpfen.
Da sagte die Kundin in einem etwas seltsamen Dialekt: »Wollen S' mich verarschen!? Handschuhe wollen S' nicht häkeln, aber 'n ___ ___ ___.«

Schopenhauer – schop 'n Hauer

Der Betreiber eines Fitnessstudios reagierte auf die Tatsache, dass manche Menschen anscheinend nicht an einer dauerhaften physischen Formhaltung interessiert waren, sondern ihren Körper nur kurzweilig für spezielle Anlässe wie den nächsten Schwimmbadausflug oder Clubbesuch trainieren wollten, und entwickelte eine spezielle Apparatur, die den Körper für exakt vierundzwanzig Stunden schlank und muskulös wirken ließ. Danach verpuffte die Wirkung sofort wieder. In der Szene sprach sich die wundersame Entdeckung schnell herum, und das Studio erfreute sich vieler neuer Kunden.

»Sagen Sie, wie heißt denn noch gleich diese neue Apparatur?«, wollte ein Discopumper bei der Anmeldung von seinem neuen Trainer wissen.

Dieser antwortete in seinem typisch kalifornischen Akzent: »Ich schätze mal, Sie meinen das ___ ___ ___ ___!?«

Charles Dickens – Schal sticken S.

Aufgrund zunehmender Tierkriminalität war man in deutschen Zoos dazu übergegangen, Gefängnisse für die animalischen Halunken einzurichten. Klingt seltsam, war aber so. Als einige Tiere nach guter Führung vorzeitig entlassen wurden, begegneten sie am Ausgang einem mit Schildern ausgestatteten Empfangskomitee. Der Hund wurde mit den Worten begrüßt: »Entlassener Hund, guten Tag.« Das Pferd wiederum begrüßte man mit dem Satz: »Nicht mehr länger eingesperrtes Pferd, habe die Ehre.« Schließlich kam die Ente heraus. Auf dem Schild eines englischen Muttersprachlers stand kurz und knapp: »____ ____ ____ ____.«

David Garrett – Day-Fit-Gerät

William und Harry liehen sich das kleine Schiff ihres Vaters und fuhren aufs Meer hinaus. Leider wurden sie direkt am ersten Tag von Piraten überfallen. Diese klauten das komplette Inventar mitsamt dem Proviant und zogen wieder davon. Wenige Minuten später kam schon das nächste Piratenschiff.

Als die Piraten die beiden Adelskinder fragten, ob sie sich freiwillig ergeben und mit der Fracht rausrücken würden, sagten die beiden: »Ihr könnt euch ruhig umschauen. Vorhin waren schon andere Piraten hier. Am Anfang war des Vaters Kahn prächtig gefüllt. Aber jetzt ist ___ ___ ___ ___.«

Frida Kahlo – Free Duck, hallo

Zwei Ritter waren einst recht gut miteinander befreundet und teilten sich in der Burg ein kleines WG-Zimmerchen. Beide vereinte eine gewisse sadistische Art. So konnten sie ihre Sympathie zueinander nur ausdrücken, indem sie sich Schmerzen zufügten. Als einer der beiden eines Morgens erwachte, steckte eine Art Holzpflock in seinem Auge. Es war zwar schon vorgekommen, dass er sich eine Lanze in die Brust rammen ließ oder ein Messer aus dem Bein ziehen musste, diesmal war er aber schon ein wenig verwundert und fragte sich in bestem Althochdeutsch: »Wie kommt denn der ___ ___ ___ ___?«

Charles Baudelaire – Charles, Boot eh leer

Drei Fernsehköche unterhielten sich auf einem Kongress. Sie hatten alle etwas gemeinsam – sie schrieben exklusive Kolumnen für Frauenmagazine.
Herr Lafer erzählte: »Also, für die *Brigitte* habe ich etwas Feines über diverse Garmethoden geschrieben.«
Herr Lichter sagte: »Also, ich zeige in der aktuellen *Women's Health* ein paar feine Tricks zum Thema ›Nachhaltige Wiederverwertung von Kochwasser‹.«
Herr Zacherl wiederum hatte über Jahre eine Methode entwickelt, mit der man Kartoffeln schmackhafter machen konnte – und zwar, indem man sie vor dem Kochen nur zur Hälfte pellte. So erzählte er: »Also, ich berichtete davon, wie ich Kartoffeln nur ____ ____ ____ ____ ____ ____.«

Kylie Minogue – Keil im min Og

Nach den Welterfolgen *Fege-Lehrling* und *Staubwedel-Azubi* haute die Bestsellerautorin vor einigen Jahren doch glatt noch einen dritten Teil ihrer sogenannten Reinemacher-Sachbücher raus.

»Den dritten Teil hab ich noch nicht gelesen«, sagte Herr Kling, Witwer der aus der *Lindenstraße* bekannten Schauspielerin, »aber ich glaube, meine Frau ___ ___ ___ ___ ___ ___.«

Angelina Jolie – anschäl in 'na Jolie

Einige texanische Cowboys saßen abends beisammen und überlegten, wie sie das klassische »Russisch Roulette« ein wenig aufpeppen könnten. Da fiel ihnen ein Spiel aus ihrer Jugend ein, bei dem man eine Flasche auf dem Boden rotieren ließ, bis deren Öffnung auf eine im Kreis sitzende Person zeigte. Dieses Prinzip wollten sie nun auf Pistolen anwenden.
Als aus heiterem Himmel ein fremder Mann auf die Bande zukam, nuschelte einer der Cowboys: »Setz dich doch zu uns. Kennst du ____ ____ ____?«

Else Lasker-Schüler – Else las Kehr-Schüler

Ein Musikliebhaber baute eine besondere Art von Violinen, deren Saiten eine höhere Schwungdynamik besaßen. Die Töne hallten aufgrund dieses neuen Systems wesentlich länger nach und füllten den ganzen Raum aus. Um seinen Kundenstamm zu vergrößern, gründete der Geigenbauer einen Onlineshop, über den er seine Instrumente vertrieb. Hin und wieder bekam er E-Mails mit Fragen von Kaufinteressenten. Wie das bei Mails so ist, blieb die korrekte Grammatik dabei häufig auf der Strecke. Einer schrieb jüngst: »Also, Schwung-Geige find ich langweilig, aber grundsätzlich interessiert ___ ___ ___ ___ ___.«

John Coltrane – schon Colt-Drehen

Da immer mehr junge Menschen in die großen Städte zogen, hatte vor allem Mecklenburg-Vorpommern mit einer rapiden Bevölkerungsvergreisung zu kämpfen. Haufenweise tummelten sich die alten Damen mittags auf den Marktplätzen. Manche Menschen sprachen abwertend von Alt-Frauen-Herden. Weil einige dieser Herden beim Kaffeetrinken und Herumschlendern oftmals die Zeit vergaßen, engagierten die daheim zurückgebliebenen Männer eine Art Schäfer, der die kleinen Gruppen am Nachmittag eintreiben sollte. Doch auch dieser tat sich dabei schwer, sosehr er sie auch anbrüllte.

Als man sich bei ihm beschwerte, sagte er zu seiner Verteidigung: »Was soll ich denn machen? Vorhin hat sich schon wieder nichts getan, als ich nach der

____ ____ ____ ____.«

Michelangelo – mich Elan-Cello

Ein Indianerstamm vollzog einst ein seltsames Ritual. Bevor die Kinder zu Kriegern und Jägern ausgebildet wurden, mussten sie ihre Männlichkeit unter Beweis stellen. Dafür wurde ein Boot aus den abgeschnittenen Zöpfen der Frauen gebaut – das Material galt als äußerst reißfest –, und mit diesem Boot mussten die Kinder bei besonders starker Strömung über den kompletten Fluss fahren, ohne sich dabei vor Angst in die Hosen zu pinkeln.
Nachdem zwei der drei Passagiere nach ihrer kleinen Reise bereits ausgestiegen waren, wollte auch der dritte Junge an Land.
»Was ist denn das?«, schrie der Stammeshäuptling und zeigte dabei auf eine Pfütze auf der Sitzfläche. »Prüfung nicht bestanden. Und ich glaube, da haben wir einen kleinen ___ ___ ___ ___.«

Omar Sharif – Oma-Schar riet

Auf einer geschichtsträchtigen Burg fand ein Mittelaltermarkt statt. Elisabeth und Jürgen überlegten sich für ihren Stand etwas ganz Besonderes und beschallten den Platz während des Verkaufs mit den Klängen von Unheilig. Leider kam die Musik beim Publikum überhaupt nicht gut an. Der Graf war selbst für Mittelalterfreunde zu viel des Guten. Empört beschwerten sich die Besucher bei dem Ehepaar, das sich mittlerweile auch sprachlich halbwegs in seine Rolle eingefunden hatte.

Und so sprach Jürgen zu seiner Frau: »Ich glaube, wir sollten auf sie hören, junge Minne. Komm schon, mach mal ___ ___ ___ ___ ___.«

Håkan Nesser – Haar-Kahn-Nässer

Ein Friseurmeister sorgte jüngst für Schlagzeilen in der Regionalpresse, hatte er sich doch soziales Engagement auf die Fahne geschrieben und einige Autisten im Salon eingestellt. Jeder der vier Angestellten beherrschte genau eine Frisierkompetenz, und so wurde die Arbeit bei jedem Kunden fachgerecht aufgeteilt. Ein kurzer Einblick in den Arbeitsalltag: Haircutter-Willi, Bartschneider-Ulf und Färber-Jens sind just in diesem Moment emsig mit der neuen Haarpracht einer Kundin beschäftigt. Ein langatmiger Prozess. Damit die Dame sich währenddessen nicht langweilt, zeigt der momentan beschäftigungslose amerikanische Kollege ihr einige seiner Urlaubsaufnahmen.

»Alles zu Ihrer Zufriedenheit?«, fragt der Friseurmeister bei seinem Kontrollgang die Dame.

»Aber sicher doch. Vorhin war mir ein bisschen langweilig, aber jetzt zeigt mir der ___ ___ ___ ___ ___.«

Liza Minnelli – leiser, min, Elli!

Frau Lewinsky hatte sich nach langen Jahren voller Skandale und Intrigen für die Enthaltsamkeit entschieden und sich freiwillig in das sogenannte »Kloster der Weltreligionen« zurückgezogen. Für sie war es genau die richtige Entscheidung, lernte sie dort doch viele neue Freundinnen wie zum Beispiel Enthaltsamkeits-Erika und Verzichts-Sibylle kennen. Doch die strengen Garderoberegeln im Kloster waren den drei Damen ein Greuel, und so inszenierten sie eines Tages zu später Stunde heimlich eine illegale Modenschau. Als die vor wenigen Tagen zum Judentum konvertierte Frau Lewinsky gerade ein neues Beinkleid vorführte, sprach Enthaltsamkeits-Erika: »Wow, das ist aber ein hübscher ___ ___ ___ ___ ___.«

Cameron Diaz – Kammer Von Dias

Frau Riefenstahl, einst berühmte Sängerin und Tänzerin, war einstweilen für ihre lustigen animalischen Anekdoten bekannt. So unterhielt sie die nationalsozialistische Gesellschaft bei Tische oftmals mit kleinen Gags und Sprüchen aus dem Reich der Tiere. Sie hatte mehrere Lieblingskalauer, die alle von den Lauten und Geräuschen einzelner Tiere handelten – so gab es die berüchtigte Miau-Anekdote einer Katze und die lustige Mäh-Pointe eines Schafs. Hitlers Favorit war allerdings der kecke Scherz über den erkälteten Raben, und deswegen sprach er noch Jah re später vom sogenannten ___ ___ ___ ___.

Rocko Schamoni – Rock, Koscher-Moni

Zwei Münchner Freunde – Christian und Anton – saßen gemeinsam an der Isar und spielten Mau-Mau. So lang sie auch spielten, konnte Anton keine der Partien für sich behaupten und musste eine Niederlage nach der anderen einstrecken.

»Des konn doch ned sei«, schimpfte er. »I glab, des liegt an den blöden Tieren, die uns vom Wassa aus beobacht'n. Wahrscheinlich hob i a Art Anatidaephobie. I schätz a moi, des i in Anwesenheit von den ____ ____ ____ ____.«

Lenny Kravitz – Leni-Krah-Witz

Wissen die wenigsten: Es begab sich einst vor langer Zeit, dass Riesenmaulwürfe ein komplexes unterirdisches Tunnelsystem im Kölner Umland gruben. Nachdem besagte Monsterschaufler ausgestorben waren, nutzten heulende Vierbeiner die versteckten Labyrinthe, um unter der Stadt in Ruhe ihr Unwesen zu treiben. Wenige Meter über ihnen wurden die Rheinländer der Kriminalität kaum mehr Herr. Da aber alle Guillotinen kaputt waren und man sich innovativer Enthauptungsrituale besann, überlegten die Menschen, die Übeltäter gleich in ebenjenen unterirdischen Systemen zu enthaupten. Der Kölner Stadtrat kam als Erster auf diese Idee und proklamierte: »Lasst uns die Halunken fortan im ____ ____ ____ ____.«

Anthony Quinn – Enten nie g'winn

Der Bildhauer Herr Müller staunte nicht schlecht, als er eines Morgens aus seinem Fenster schaute. Anscheinend waren die Märchenfigurskulpturen in seinem Garten über Nacht zum Leben erweckt worden. Nun rekelten sie sich in anrüchig anmutenden Latexoutfits lasziv auf der Blumenerde.

»Else, komm mal. Das musst du dir ansehen. Ich glaube, ich spinne. Womöglich eine Wachtraum.«

Seine Frau war verwirrt. »Was ist denn passiert?«

»Ich weiß auch nicht. Aber sieh nur, bei den Sträuchern: Bitch-Kobolde. Dort beim Baum: Huren-Zauberer. Und dort im ____ ____ ____.«

Die ruhmreichen Coen-Brüder drehten im brandenburgischen Frankfurt einen neuen Film, in dem auch ihr im Gesangsmetier tätiger phonetischer Namensvetter mitspielte. Da diesem in den Drehpausen oft sehr langweilig war, beschloss er, am nahe gelegenen Fluss ein wenig Wassersport zu betreiben.

Am Fluss angekommen, schnallte er sich ein Paar schmale Bretter unter die Füße und überlegte, was er nun tun könne. Da weder ein Motorboot noch ein Wasserziehlift zur Verfügung stand, blieben ihm nicht viele Möglichkeiten. Da erblickte er einen Surfer, der in den Böen waghalsige Wellenritte vollzog. Na klar! Was mit einem Surfbrett klappt, sollte doch auch bei ihm funktionieren. Als die nächste Brise kam, schmiss er sich in die Wellen und … na ja, sagen wir mal so, schön anzusehen war es nicht. Projekt gescheitert.

Als ein Schauspieler am Set ungeduldig bei den Gebrüdern nachfragte, wann es endlich weitergehen könne, antworteten diese mit einem schelmischen Grinsen: »Wir müssen noch warten. Vermutlich betreibt ___ ___ ___ ___ ___ ___ ___.«

Beethoven – Beet: Hoe-Feen

Drei Görlitzer Hip-Hop-Fans gingen gemeinsam ins Tattoo-Studio, um sich dort die Namen ihrer Lieblingsrapper ins Fleisch stechen zu lassen. Alles lief wie gewohnt ab, doch als sie zu Hause ankamen und die Pflaster entfernten, stellten sie fest, dass die Tattoos unvollständig waren. Anscheinend musste irgendjemand den rechten Rand des Auftragszettels abgerissen haben. Auf Kevins Unterarm war statt *Notorious BIG* lediglich *Not* zu lesen. Auf Peters Arm stand *Tupa* anstatt *Tupac Shakur*.

»Kannst ja Vertreter für rechtschreibschwache Tupperwarenfreunde werden«, scherzte sein Kumpel.

»Schweig! Schau dich lieber selbst mal an. Bei dir ziert lediglich ___ ___ ___ ___.«

Leonardo da Vinci – Leonard Oder-Wind-Ski!

Dem berühmten Forscher von Humboldt wurde oft eine gewisse Überheblichkeit und Arroganz angedichtet. Die Menschen in seinem Umkreis erschienen ihm wohl als zu schlicht und ungebildet. Einer seiner Freunde sagte damals mit seinem charmanten deutsch-französischen Akzent über von Humboldt: »Na ja, eigentlich ist er ganz in Ordnung. Aber anscheinend sind in den Augen von ___ ___ ___ ___ ___ ___.«

Woody Allen – Wu die Ellen

Ein älterer Spaziergänger traute seinen Augen kaum, als er durch den Stadtpark schlenderte und einen Obdachlosen erblickte, der es sich vor einem Nadelbaum bequem machte. Denn als er erneut hinüberblickte, war der Mann fort und hockte stattdessen auf einer Wiese, den Rücken bequem an eine Mauer gestützt.

»Ich glaube, ich werde debil, Elke. Das gibt es doch nicht. Der Mann, der grad noch vor der ____ ____ ____ ____ ____ sich jetzt gegen die Mauer.«

Alexandre Dumas – Alex andre dümmer

Die Herren Brosnan und Connery kamen bei einem James-Bond-Ehemaligen-Treffen an einem Hotel-Swimmingpool vorbei. Dort trafen sie auf eine deutsche Talkshow-Moderatorin, die sich am Beckenrand in der Sonne räkelte. Mr. Connery konnte nicht anders und machte direkt neben ihr eine Arschbombe ins Becken.

»Jetzt komm schon, Sean. Wir müssen zum Buffet«, rief Brosnan.

»Warte kurz. Du siehst doch, dass ich grade ___ ___ ___.«

Kiefer Sutherland – Kiefer saß, er lehnt

Zur Erleichterung ihres Drogenentzugs sollte die ziemlich abgewrackte Pop-Sängerin auf Anraten ihres Psychologen für einige Tage in ein alpines Naherholungsgebiet fahren. Da sie ihr letztes Geld für Kokain und Alkohol verbraten hatte, war sie recht knapp bei Kasse, und so galt es, die notwendigen Besorgungen mit Bedacht zu kalkulieren.

Während sie durch die städtische Einkaufspassage ging, überlegte sie, ob sie sich speziell für den Anlass etwas Frotteestoff zum Saunieren und Baden besorgen oder ob sie lieber beim Schreiner speziell angefertigte Retro-Wintersportbretter anfertigen lassen sollte. Schließlich entschied sie sich für den Besuch beim Schreiner und murmelte: »Sport wird wohl sinnvoller sein als ständiges Saunieren. Besser, ich kauf statt einem ____ ____ ____ ____.«

Britney Spears – Britt nass, Pierce

Zwei englische Austauschstudenten unterhielten sich nach der Mediävistik-Vorlesung über die Qualität des an deutschen Universitäten angebotenen Essens. In den sozialen Netzwerken häuften sich in letzter Zeit die Gerüchte über Magenverstimmungen und Lebensmittelvergiftungen.

»Alles only Panikmache«, sagte einer der beiden, »wahrscheinlich ist das nur ein Placeboeffekt wegen der ganzen viralen Fairytales. Und irgendwann bildet man sich die Übelkeit dann wirklich ein.«

»Nein«, konterte der andere. »Ich glaube nicht, dass ich nur because of den Gerüchten in Cafeterien krank werde.«

»Maybe ja doch«, antworte sein Kumpel.

»I can feel it. Irgendwann werde ich noch wegen dieser ___ ___ ___ ___ ___.«

Kurt Tucholsky – Kur-Tuch Holz-Ski

Ein Puppenreparateur war mal wieder auf einer Abfalldeponie unterwegs, um sich Einzelteile für seine Werkstatt zu besorgen. Als er das Gelände verlassen wollte, kamen ihm zwei Aufseher entgegen. Der Mann wunderte sich etwas, war einer der Aufseher doch niemand Geringeres als Yoda aus den *Star Wars*-Filmen.

»Was machen Sie denn hier?«, wollte der Mann wissen.

»Zweitkarriere. Arbeitsagentur das vermittelt hat. Aber nicht über mich wir reden. Was Sie Lümmel machen hier? Gar ein Räuber Sie sind?«

»Nein, ich hab mich nur umgesehen. Wirklich«, antwortete der Mann.

Yoda schaute seinen Kollegen daraufhin kritisch an und sagte: »Ich skeptisch sein. Nicht glauben ihm. Ein Plastikkörperteil aus seinem Rucksack baumelt doch. Ich fürchten, dass den ___ ___ ___ ___ ___.«

Marilyn Manson – Mär ill in Mensen

Ein berühmter und mittlerweile in die Jahre gekommener Boxer tummelte sich seit neuestem in der feinen Gesellschaft. Auch beim Wiener Opernball kam er vorbei, ließ sich anfangs jedoch nur beim Soundcheck blicken, was dazu führte, dass an der Bar im Vorraum ein Streit darüber entbrannte, ob der Boxer tatsächlich da sei oder man sich täusche. Die schon früh angereisten Gäste mutmaßten wild, da sie ihn im Vorraum noch nicht gesehen hatten. Einer fragte die vorbeikommende Putzfrau: »Sagen Sie mal ... hinten im ____ ____ ____ ____ ____?«

Armin Mueller-Stahl – Arm in Müll er stahl

Ein Religionsforscher hielt an der Universität eine Vorlesung, die sich mit verschiedenen Motivationsphasen von Glaubenspredigern auseinandersetzte. Einleitend sprach der Professor: »Nun, nachdem wir bereits über den Moslem in der Trägheitsepoche und den Buddhisten in der bekannten Lethargiephase gesprochen haben, wollen wir uns heute einem wesentlich vitaleren Thema widmen. Den Schwerpunkt meines heutigen Vortrags lege ich daher auf den ___ ___ ___ ___ ___ ___ ___.«

Salvador Dali – Saal, war doch Ali!

Quel Malheur. Im Supermarktwarenlager wurde eingebrochen, und die Konservensuppen schienen sich nun selbständig zu machen. Durch eine Art Mutation hatten sich die Dosen in kleine Monster verwandelt. Das glaubte einem doch kein Schwein. Daraufhin wurde ein Wolf beauftragt, die Dosen wieder einzutreiben.

Nach zwei Stunden getaner Arbeit sagte der Wolf zum Filialleiter: »Bei der Horde Bonduelle hatte ich keine Chance, auch bei der Erasco-Kolonne war ich machtlos. Aber ich hatte großes Glück, dass ich vor wenigen Minuten eine ___ ___ ___.«

Christina Aguilera – Christ in 'ner Agil-Ära

Ein junger Autor schrieb einst ein Märchen über einen atheistischen Vater, der seinen Sohn mit einem Stück Holz schlug, wenn dieser die sonntägliche Messe aufsuchte oder beim heimlichen Beten erwischt wurde. Eines Tages jedoch machte sich die hölzerne Rute selbständig und verprügelte den Vater, forderte ihn dabei auf, den Glauben seinen Sohnes gefälligst zu akzeptieren und dem allmächtigen Herrn im Himmel den nötigen Respekt zu erweisen. »Ist ja gut. Bitte hör auf. Ich schwöre, ich habe in Zukunft ___ ___ ___ ___.«

Chuck Norris – Schar Knorr riss

SCHWIERIGKEITSSTUFE

5

Der Besitzer einer Strandkneipe war verzweifelt. Schon seit langem blieb der Umsatz aus, und nun stand er tatsächlich kurz vor der Privatinsolvenz. Da kam ihm die Idee, dass er zusätzlich zu Getränken auch Bademode verkaufen könnte. Um das Geschäft anzukurbeln und sich in der Branche bekannt zu machen, reduzierte er die Preise anfangs auf absurd anmutende Tiefstwerte.

»Krass, Sibylle«, sagte die junge Dame, als sie das Angebotsschild erblickte, zu ihrer Freundin. »Schau mal dort an der ___ ___ ___ ___.«

Eine sexbesessene und zudem sehr leicht stimulierbare Dame ging ihrem Ehemann mit der Zeit auf den Keks. Er brauchte auch mal Zeit zum Durchatmen. Also schenkte er ihr ein All-inclusive-Wellness-Wochenende, bei dem sie es sich so richtig gutgehen lassen sollte. Die Mitarbeiter kümmerten sich ausgezeichnet um die Frau, allerdings bekam sie bei jeder Dienstleistung beinahe einen Orgasmus. Nachdem die Maniküre-Lady und der Friseur-Guy dies schon zu spüren bekommen hatten, war nun ein anderer an der Reihe. Als der junge Physiotherapeut die Rückenmuskulatur der Frau durchknetete, stöhnte diese lautstark: »___ ___ ___ ___!«

Barbra Streisand – Bar. Bras drei Cent

Die komplette Sesamstraßenbesetzung stieg aus dem Fernsehgeschäft aus, und jeder von ihnen absolvierte eine kaufmännische Ausbildung. Zusammen boten sie einmal in der Woche Ware auf dem Hamburger Fischmarkt feil. Ein Tiroler Unterhändler war auf der Suche nach günstigem Fisch, den er dann teurer weiterverkaufen könnte – dementsprechend versuchte er zu handeln und den Preis zu drücken. Leider klappte dies nur bei einem Händler, und so berichtete er wenig später seinem Chef: »Also, mit dem Forellen-Samson und dem Kabeljau-Ernie hatte ich ja schon besondere Schwierigkeiten, aber Gott sei Dank hatte ich mit dem ____ ____ ____ ____.«

Uma Thurman – Uh! Masseur-Mau!

Die großen Handykonzerne investierten mal wieder viel Geld in moderne Werbekampagnen. Leider arbeiteten zwei der Konzerne mit derselben Werbeagentur, und so begab es sich, dass die beiden Filmteams zufällig bei derselben Dreh-Location aufeinandertrafen. Da hatte wohl einer geschlampt.

»Mist«, sagte da der Regisseur des E-Plus-Werbespots. »In diesem schönen Idyll können wir nicht arbeiten.« Er rief den Projektkoordinator an und fluchte: »Warum hast du uns hierhin geschickt? An dem ___ ___ ___ ___.«

Albert Camus – Aal-Bert Ka, Müh

Da musste die Mutter einer bekannten ägyptischen Gottheit mal wieder recht arg mit ihrem Sprössling schimpfen. Zum wiederholten Male wollte er den Unterricht schwänzen und stattdessen ein Stündchen länger schlafen. Dies schockierte die Mutter, hatte sie ihn diesen Monat doch extra in einem lombardischen Fußball-Kolleg eingeschrieben, in dem er sich mit der italienischen Vereinshistorie vertraut machen sollte. Nachdem er bereits den Juve-Unterricht verpasst hatte, wurde die Mutter ungeduldig. »Jetzt steh endlich auf, du Halunke«, sprach sie. »Du hast gleich noch ___ ___ ___ ___ ___.«

Audrey Tautou – Oh dreht So

Ulkige Geschichte. Die Götter waren mal wieder am Zanken und gaben sich lustige Spitznamen wie Zeus-Honk oder Odin-Vollhorst. Auch die ägyptischen Götter blieben von dieser obskuren Namensgebung nicht verschont. Um den Streit zu schlichten, schickte man einen berühmten Revolutionär in den Himmel, doch anstatt die Zankhähne zu beruhigen, freundete er sich mit ihnen an und beteiligte sich am Spiel. Mit dem Sonnengott verstand er sich am besten. Als Guevaras Mutter davon Wind bekam, trennte sie ihn von seinem neuen Freud und befahl ihrem Sohn, sich zu verabschieden. Gesagt, getan. Und fünf Minuten später sagte ___ ___ ___ ___ ___.

Milan Kundera – Milan-Kunde, Ra

Ein russischer Opa, der schon lange in Deutschland wohnte, hatte die Angewohnheit, sich für alle Gegebenheiten Faustregeln aufzustellen. Leider reichte sein Deutsch weder aus, um vernünftige Bedingungssätze, noch, um Kausalsätze zu konstruieren. Es haperte dabei besonders an den Verben.
Eines Tages wollte er aus unerfindlichen Gründen ausdrücken, dass jemand, der es nicht fertigbringt, sich einen Wirsing aus dem Schädel zu ziehen, auch niemals in den Genuss eines zünftigen Schmatzers gelangen wird. Über diese Person sagte er also in liebenswürdigem, aber doch rudimentärem Kauderwelsch: »___ ___ ___ ___ ___ ___ ___.«

Gérard Depardieu – Ché Ra-Depp Adieu

Drei Bayern saßen abends in gemütlicher Runde beisammen und ließen berühmte Sportlerverletzungen Revue passieren.

»Weißt du noch, damals, als Ewald Lienen der Oberschenkel aufgeschlitzt wurde?«

»Ja! Das war grausam.«

»Aber das war nichts gegen die Hodenverletzung von diesem bekannten Karatekämpfer. Was war da noch gleich passiert? Und wie hieß der noch mal?«

Obwohl die Freunde die Bilder noch halbwegs vor Augen hatten, fiel es ihnen nicht mehr so recht ein. Doch nach einigen Minuten sprach einer von ihnen:

»Jo ____ ____ ____ ____.«

Nikolaus Kopernikus – Nie Kohl aus Kopp, er nie Kuss

Ein Liebespaar schwor sich einst ewige Treue. Der Mann allerdings schaute, auch noch nach Jahren, sehr gerne anderen Frauenzimmern hinterher. So verliebte er sich ständig und stillte sein Verlangen, indem er die Namen der Angebeteten mit einem Taschenmesser an ausgefallene Orte schnitzte. Am liebsten ging er in Sumpfgebiete und verewigte sich beziehungsweise seinen neuen Schwarm im Morast. Trotzdem wollte er, dass seine Frau zu ihm hielt, und so forderte er sie eindringlich auf: »Egal, ob ich andere Namen ins ___ ___ ___ ___!«

Miley Cyrus – mei, Lees Ei-Riss

Vor dem neu eröffneten Sexshop schrie eine Dame vor Ekel auf. Im Schaufenster war eine neue Form von Vibratoren zu bestaunen, bei deren Anwendung man auf den Einsatz seiner Hände komplett verzichten konnte – die also durch ein neues System komplett automatisch funktionierten.

Die schockierte Frau, empört über diese Innovation, schrie: »___ ___ ___ ___ ___ ich es ja schon. Aber komplett automatisch? So was kommt mir nicht ins Haus.«

Moritz Bleibtreu – Moor ritz, bleib treu

Eine Art Universal-Gottheit von weltreligiösem Format eignete sich einen süddeutschen Dialekt an und begann die Welt neu zu ordnen. Ganz Kosmopolit, fügte sie hier und da englische Begriffe ein, um der ganzen Sache einen würdigen, globalisierten Anstrich zu verleihen. Da besonders die Gewässer gelitten hatten, stellte sie diese unmittelbar wieder her. In ihrem Blog schrieb sie Dinge wie: »Ich nehme mir vor, dass ich morgen als Buddha das Meer clean'. Dann glaube ich, dass ich als Gott 'nen See refresh.« Da die Gottheit ein weiteres Gewässer jedoch für eine morastige Schweinerei hielt, verkündete sie: »Ich weiß nur eines, dass ich aus Überzeugung als ___ ___ ___ ___ ___ ___.«

Immanuel Kant – Iiih! Manuell kannt

Beim Rätselraten geadelter Popsänger stehen sich Sir John und Sir Richard gegenüber. Um das Prozedere etwas zu erschweren, muss Kölsch gesprochen werden. Die beiden schlagen sich wacker, bis es zum Themengebiet Erdkunde kommt. Gefragt wird nach einem Fluss, der die Stadt Köln durchfließt.

»De Wolga«, schätzt Elton, der zuerst an der Reihe ist.

Na ja, immerhin der Kontinent stimmt. Bei seinem Kontrahenten jedoch scheinen Hopfen und Malz verloren. Ein intellektueller Dünnbrettbohrer vor dem Herrn. ____ ____ ____ ____ also fälschlicherweise.

Alanis Morissette – Allah nie 's Moor reset

Sachen gibt's. Die Sonne und der Mond befleißigten sich teilweise türkischer Umgangssprache. Der Mond war Vegetarier, und die Sonne aß sehr gern Fleisch. Ihre Ernährung stand auch in direktem Zusammenhang mit ihrem Einfluss auf die Gezeiten und den Zeitenlauf.

So bemerkte der Mond: »Fresse ich Gemüse gekocht, Moruk, flute ich.«

Die Sonne entgegnete sofort: »Ja, das kenne ich. Bei mir ist es aber ein bisschen anders. Esse ich Fleisch

____ ____ ____ ____ ____.«

Daniel Radcliffe – De Nil ist Cliff

Wahre Geschichte. Ein Fahrradliebhaber besuchte einst ein Geschäft für besonders extravagante und aufwendig gestaltete Zweiräder. Zu seinem Erstaunen saß kein gewöhnlicher Mensch am Verkaufsschalter, sondern Bambi.

Als der Mann schließlich zum Bezahlen an die Kasse ging, fragte Bambi: »Möchten Sie dieses ornamental verzierte Mountainbike mit Kreditkarte bezahlen, junger Mann?«

»Nein«, antwortete dieser. »Ich zahle das ___ ___ ___ ___.«

Roland Emmerich – roh, lau, dämmer ich

Ein paar deutsche Ingenieure gingen vor einiger Zeit wandern. Einer der jungen Männer wunderte sich sehr, denn ein anderer aus der Truppe musste in den acht Stunden, die sie bereits unterwegs waren, nicht ein einziges Mal pinkeln – und das, obwohl er doch schon mehrere Flaschen Wasser getrunken hatte.

»Sagen Sie, warum müssen Sie eigentlich nie pullern, Miele?«

»Nun, was soll ich sagen?«, antwortete dieser. »Ich bin ein König im Einhalten. Alles eine Sache des Willens. Schon als Kind bezeichneten mich meine englischsprachigen Freunde in dieser Sache als ihren Helden. Und ich schätze, dass ich bis heute beim Wandern als ___ ___ ___ ___ ___.«

Stuckrad-Barre – Stuck-Rad bar, Reh

Ein Bauer hat allerlei Tiere auf dem Hofe. Doch irgendetwas muss er bei der Erziehung falsch gemacht haben, ist das Vieh doch sehr unartig und verzogen. Um die kleinen Frechdachse voneinander unterscheiden zu können, versah er sie mit Namensschildern. So gibt es zum Beispiel das Schlingel-Kalb, das Lümmel-Pferd und die Keck-Ziege.
Der Bauer leidet schon seit vielen Jahren unter einer Sehschwäche. Lediglich in Anwesenheit der Tiere kann er die Menschen in seiner Umgebung erkennen. Seltsames Phänomen. Womöglich ein Zauber. Da er aufgrund eines Gewinnspiels dieses Jahr zur Oscar-Verleihung eingeladen ist und natürlich alle Promis einmal sehen möchte, ist er gezwungen, seine animalische Belegschaft mitzunehmen. Gesagt, getan. Als gleich zu Veranstaltungsbeginn Harrison Ford in der Rolle seines Lieblingshelden Indiana vor dem Bauern steht, kommt diesem in letzter Sekunde ein tierischer Hornträger zu Hilfe. Und was soll man sagen? In Anwesenheit vom ___ ___ ___ ___ ___.

Hieronymus Bosch – Hero nie muss, Bosch

Snoop Doggy Dogg wurde kürzlich vom bekannten Auktionshaus Sotheby's beauftragt, für eine Charity-Versteigerung den Auktionator zu spielen. Seltsamerweise saßen relativ viele deutsche Comedians im Publikum. Warum, weiß kein Mensch.

»Yeah, Brillant-Ohrring an Barth … Drei, zwei, eins. Nice, naturalistisches Gemälde an Schröder.« Um nur ein paar Fragmente des Abends zu überliefern.

Irgendwann ging es darum, eine ehemalige Pariser Gefängnisburg zu vermitteln, die noch vor ihrem Bau präventiv von einer deutschen Kaufmannsvereinigung erworben worden war. (Dieser Fakt wurde in Geschichtsbüchern lange verschwiegen.) Die Gebote überschlugen sich.

Letztlich ging das geschichtsträchtige Bauwerk an einen kleinen, dicken Mann, und Herr Dogg sprach: »____ ____ ____ ____ ____ ____ ____.«

Catherine Zeta-Jones – Kess-Rind sieht er Jones

SCHWIERIGKEITSSTUFE 6

Der Platzwart des lokalen Fußballvereins verstaute gerade alle runden Spielgeräte in einem riesigen Jutebeutel. Im Verein kursierte seit langem das Märchen, der Platzwart wäre geisteskrank und würde des Nachts versuchen, mit dem gefüllten Sack zu sprechen, um die Zukunft der Mannschaft vorhersagen zu können. Und ja, es stimmte tatsächlich. Am Abend kehrte der Platzwart wie gewohnt im verlassenen Vereinsheim ein und wartete auf die Botschaft des Spielgeräte-Beutels. Aber anders als sonst schwieg der Beutel und verweigerte jedwede Kommunikation. Da der Platzwart am nächsten Tag ins Wettbüro gehen wollte, war er entsprechend traurig und flehte ihn an: »So mach ich mich doch zum Gespött der Leute und ernte nur ___ ___ ___ ___ ___ ___.«

RATEFUCHSHINWEISE

Ein Fuchs muss tun, was ein Fuchs tun muss.
Nämlich die Eule fragen.

SCHWIERIGKEITSSTUFE 1

S. 11 Teilt sich den Vornamen mit seinem Kollegen Connery.

S. 12 Ein expressionistischer deutscher Maler mit Kerbe.

S. 13 Politische Schriftstellerin und Juristin.

S. 14 Präferiert das entschleunigte Ableben.

S. 15 Das weibliche Pendant zum King of Pop.

S. 16 Mit kaum zu erfüllendem Auftrag unterwegs.

S. 17 Irischer Schriftsteller mit Schwerpunkt »Bildnis«.

S. 18 Bekannt für Liebesfilme mit starker Tendenz zum Schwulst.

S. 19 Schriftsteller und Verschwörungstheoretiker.

S. 20 Schauspieler mit Fleischmütze. Spielt selten den charmanten Literaturprofessor.

SCHWIERIGKEITSSTUFE 2

S. 23 Ich bin ein Walross. Kein Tipp. Nur eine Feststellung.

S. 24 Schauspieler und mittlerweile auch recht angesehener Regisseur.

S. 25 Hat mal was über einen Kleinstaat geschrieben. Monaco war es nicht.

S. 26 Amerikanischer Musiker. Oder besser: Saxophonist.

S. 27 Düsseldorfer Künstler. Sein Nachname ist in the Hood.

S. 28 Schauspieler. Verlor in seinen Rollen mitunter die Identität.

S. 29 Der Nachname ist vorbildlich.

S. 30 Amerikanischer Schauspieler. Bewies in einer Rolle mal ein mutiges Herz.

S. 31 Philosoph des Weimarer Viergestirns.

S. 32 Soll Sänger sein. Ob er's kann, weiß man nicht. Sucht nach Talenten.

S. 33 Halb Lehrer, halb Abenteurer.

S. 34 Poet, dessen Nachname auf Deutsch wie ein Synonym für Gesäß klingt.

S. 35 Viel mehr als nur ein Psychodoktor.

S. 36 Amerikanischer Schauspieler. War mal in der Arena tätig.

S. 37 Regisseur. Nicht grad für den »Film Noir« bekannt.

S. 38 Musste sich durchboxen.

S. 39 Sehr engagierter irischer Sänger.

S. 40 Der Vierte bei *Two and a Half Men*.

SCHWIERIGKEITSSTUFE 3

S. 43 Deutsch-französische Schauspielerin, die es zu Weltruhm brachte.

S. 44 Krasse Stimme. Scheint Whisky und Zigarren zu mögen.

S. 45 Schriftsteller. Storys spielen am Mississippi. Verrückt.

S. 46 Modedesigner mit Lederhandschuhen. Womöglich ein Fetisch.

S. 47 Schauspieler. Leider zu früh gestorben.

S. 48 Amerikanischer Jazzmusiker. Hatte sogar eine eigene Fernsehshow.

S. 49 Schriftsteller. Schrieb unter anderem über zwei Frechdachse.

S. 50 Italienische Schauspielerin. Könnte man fragen, wohin sie geht.

S. 51 Mitglied von Genesis.

S. 52 Deutscher Schriftsteller und Kolumnist. Wurde 2011 mit dem Prix Pantheon ausgezeichnet.

S. 53 Komponist. Schrieb Lieder am Klavier für eine fabelhafte Welt.

S. 54 Knautschgesichtiger US-Schauspieler.

S. 55 Amerikanische Popsängerin. Hatte achtzehn Nummer-eins-Hits.

S. 56 Schriftsteller mit Bestseller über eine Familie. Klingt spannend.

S. 57 Amerikanische Schauspielerin. Lernte berufsbedingt Elbisch.

S. 58 Amerikanischer Künstler. Malte hibbelige Figuren.

S. 59 Naturalistischer Autor. Hat aber nichts mit FKK zu tun.

S. 60 Sängerin/Schauspielerin. Blond. Sehr bekannt.

S. 61 Ein zu Liebeskomödien neigender britischer Schauspieler.

S. 62 Der krassere Mick Jagger.

S. 63 Deutscher Schriftsteller. Hatte Courage.

S. 64 Amerikanische Sängerin. Führt die Klaviatur namentlich immer bei sich.

S. 65 Amerikanische Schauspielerin, die Talent in gefährlichen Liebschaften bewies.

S. 66 Modedesignerin. Der Vorname klingt irgendwie lecker, wenn man Umlaute einfügt.

S. 67 Gebürtiger Name: Lew Dawidowitsch Bronstein.

S. 68 Schaut auf dem Plakat eines Kubrick-Films äußerst garstig drein.

S. 69 Schrieb über fettleibige Meeresbewohner.

S. 70 Eine Mischung aus Schießbude und Autoscooter. Bekannt als Westernheld und Amateur-Rennfahrer.

S. 71 Super Vorname. Putzig, Junge.

S. 72 Mala aus Malerga. Sachen gibt's.

S. 73 Spielte in *Goldfinger*. Und das ist kein Western-Porno.

S. 74 Kommunist, Kompost, Komponist. Blick da nicht durch. Irgendwas mit Romantik.

SCHWIERIGKEITSSTUFE 4

S. 77 »Es war einmal ein Lattenzaun, mit Zwischenraum, hindurchzuschaun.« Was soll man sagen? Brett.

S. 78 Hatte mit acht Jahren einen Kurzauftritt in *Zurück in die Zukunft II*. Ungefähr dreißig Sekunden lang.

S. 79 Entwarf eine Lehre, die gleichermaßen Erkenntnistheorie, Metaphysik, Ästhetik und Ethik umfasst. Quasi auf dem geistigen Level der Autoren dieses Buches.

S. 80 Bekannt für David Copperfield. Und es ist nicht David Copperfield.

S. 81 Der Cristiano Ronaldo der Musikbranche. Man hasst oder liebt ihn.

S. 82 Gilt als Vorreiterin der Selfie-Kultur. Nur ohne Badezimmerspiegel.

S. 83 Lyriker. Schrieb *Die Tulpen der Garstigen.*

S. 84 Bekomme ich nicht mehr aus dem Kopf.

S. 85 Läuft in kurzen, knappen Jeans durch die Gegend und wemmst Halunken um. Szenen aus dem Alltag.

S. 86 Kommt aus Wuppertal. Wir könnten weinen vor Freude.

S. 87 Jazzmusiker mit Quartett. Leider ohne Panzer und Rennwagen.

S. 88 Lebte ein glückliches Leben als Schildkröte. Wurde dann zur Malerei gezwungen.

S. 89 Spielt entweder Bridge oder Doktor Schiwago. Oder beides.

S. 90 Eigentlich experimenteller Lyriker. War ihm aber zu kommerziell. Schreibt jetzt Schwedenkrimis.

S. 91 Verkörperte eine gewisse Sally Bowles in dem Filmmusical *Cabaret.* Wer kennt es nicht?

S. 92 Hat die Haare schön. Zum Verrücktwerden.

S. 93 Der Mann kann alles. Studio Zitrone, Goldenes Braun. Um nur ein paar Stichworte zu geben.

S. 94 Wollte zu den Hells Angels, war aber zu metrosexuell. Wurde dann Sänger.

S. 95 Spielte Hauptrollen in Filmklassikern wie *La Strada – Das Lied der Straße* und *Alexis Sorbas*. Keine Pointe.

S. 96 Schrieb zunächst *Enten im Sand*. Verkaufte sich aber nicht.

S. 97 Tauber Pianist. Hört man aber nicht. Entschuldigung.

S. 98 Italienischer Maler, der sich bei der Lektüre Dan Browns im Grabe umdrehen würde.

S. 99 Bekannt für einen urbanen Nervenkranken.

S. 100 Schrieb die Geschichte von Pathos, Porto und Seramis.

S. 101 Seine Eltern wollten ihn »Nordmanntanne« nennen. Passte aber nicht auf den Ausweis.

S. 102 Wurde in der Mini-Playback-Show entdeckt. Nur ohne Marijke Amado.

S. 103 Gespaltene Persönlichkeit. Kaspar, Peter, Ignaz, Theobald ... Da soll mal einer durchblicken.

S. 104 Conchita Wurst in düster. Und ohne Bart.

S. 105 Jürgen Meier-Aluminium. Oder so ähnlich.

S. 106 Surreal, aber schön.

S. 107 Blonde Sängerin. Hammertipp.

S. 108 Kann die dummen Witze über sich nicht mehr ertragen. Zu Recht.

S. 109 Vertreter der Empfindsamkeit. Nicht Ross Antony.

SCHWIERIGKEITSSTUFE 5

S. 113 Klingt zwar so, hat aber nichts mit Streusalz zu tun.

S. 114 Tarantino hat sie ins Herz geschlossen.

S. 115 Literaturnobelpreisträger. Wollten wir auch gerne werden. Jetzt schreiben wir Quizbücher.

S. 116 Verkörpert eine junge Dame, die gerne große Stücke von Rauhfasertapeten abreißt.

S. 117 Schrieb über die bekömmliche Schwere des Habens. Oder so.

S. 118 Muss in Filmen immer den Dicken spielen. Absurd.

S. 119 Dieser Hobbyastronom sorgte einst für großen Aufruhr.

S. 120 Räkelt sich gerne auf Abrissbirnen. Wer tut das nicht?

S. 121 Klopfte bei Petrus an und war mit rothaariger Dame auf der Hatz.

S. 122 Kritik, Kritik. Immer nur Kritik. Alter Nörgler.

S. 123 Veröffentlichte 1995 ihr erstes internationales Album, *Jagged Little Pill.*

S. 124 Der junge Mann verkörpert in Filmen einen Kollegen von Vincent Raven.

S. 125 Filmproduzent mit Vorliebe für Riesenaffen.

S. 126 Popliterat und »musikalischer Einzelgänger«.

S. 127 Dieser Maler gilt als Freund von Dämonen und Fabelwesen.

S. 128 Die britische Schauspielerin erhielt 2003 den Oscar für die beste Nebenrolle. Tragisches Schicksal.

S. 129 Der feine Herr Komponist war im Barock flott an der Orgel.

SCHWIERIGKEITSSTUFE 6

S. 133 Wollte ursprünglich die *Animalische Tragödie* schreiben. Dann kam alles anders.